CW00507914

Un jour, à Hokkaido, j'ai aperçu un écureuil dans un arbre.
Je l'ai observé un moment aux jumelles : il tenait entre ses pattes
quelque chose de blanc, qu'il mangeait semble-t-il avec grand plaisir.
Je me demandais ce que cela pouvait être, quand soudain,
il le laissa tomber et disparut.
Je me suis approché pour chercher ce que l'écureuil avait laissé échapper,
et j'ai trouvé… le pied d'un champignon.
Il avait mangé le chapeau et avait jeté le reste !
J'avais entendu dire que les écureuils mangeaient des champignons,
mais c'était la première fois que j'en voyais un en manger pour de vrai.
Observer la vie réelle des animaux, et pas seulement « savoir » comment ils vivent,
est toujours une immense source de plaisir et d'émotion.
Les écureuils m'étaient soudain devenus plus familiers.
Pour Nic, Nac et Noc aussi, voir de leurs yeux un bébé oiseau manger
une chenille verte fut certainement une expérience saisissante.
À chaque découverte, à chaque surprise, le cœur des enfants se gonfle d'émotion.
C'est comme cela qu'ils grandissent.

Kazuo Iwamura

© 2012 Éditions Mijade
Traduction française
de Patrick Honnoré
© 1988 Kazuo Iwamura
pour le texte et les illustrations
Édition originale :
MORI NO AKACHAN
Shiko-Sha (Tokyo)

Imprimé en Belgique

D/2011/3712/30
ISBN 978-2-87142-736-0

Kazuo Iwamura

À table!

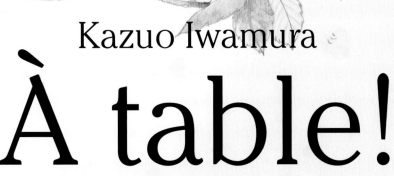

Mijade

La forêt a mis ses habits de printemps.
Nic, Nac et Noc, les petits écureuils,
ne se font pas prier pour jouer dehors.

Nic a remarqué des insectes bien étranges :
— Eh ! Regardez, des chenilles toutes poilues !
— Elles mangent les feuilles tendres ! dit Nac.
— Et elles ont l'air d'aimer ça ! dit Noc.

— Oh, un cerisier en fleurs ! Qu'il est beau !
s'exclame Nac en bondissant sur le cerisier sauvage.
— Et toutes ces abeilles qui viennent le visiter ! dit Noc.
— C'est pour boire le nectar, dit Nic.

Noc aperçoit un petit oiseau.
— C'est un bébé! Oh, il pleure…
— Il a peut-être perdu sa maman? demande Nic.
— Il doit avoir faim, dit Nac.

— Apportons-lui des pommes de pin ! propose Nic.
— Bonne idée ! Les pignons, c'est bon ! dit Noc.
Mais Nac est un peu inquiète :
— Hum… Vous êtes sûrs qu'il aime ça ?

— Bébé oiseau ! On t'a apporté de belles pommes de pin ! dit Nic.
— Avec plein de délicieux pignons dedans… dit Noc.
Mais le bébé oiseau n'en veut pas.
— C'est bien ce que je pensais, dit Nac.

— Apportons-lui plutôt des fleurs de cerisier,
à ce bébé oiseau ! dit Nac.
— Elles sont remplies de nectar,
et le nectar, c'est sucré ! ajoute Noc.
— Hum… Vous êtes sûrs qu'il va aimer ça ?
demande Nic.

— Tiens, bébé oiseau, des fleurs de cerisier…
C'est pour toi ! dit Nac.
— Avec plein de nectar bien sucré… dit Noc.
Mais le bébé oiseau n'en veut pas.
— C'est bien ce que je pensais, dit Nic.

— Mais qu'est-ce qu'il mange, alors ?
— Des glands ?
— Des fraises des bois ?
— Des champignons ?
— Des noix ?
— Du lait ?
— C'est ça ! Du lait, j'en suis sûr ! s'écrie Noc.
C'est un bébé, il doit encore téter sa mère.
Quand, au même instant…

… la maman oiseau arrive, justement.
— Piii! Piii! Piii! crie le bébé oiseau, tout heureux.

— Une chenille verte !!!
Nic, Nac et Noc n'en croient pas leurs yeux.
Le bébé oiseau se délecte de la chenille verte
que sa maman lui a apportée.

Les trois petits écureuils sont rentrés chez eux pour le déjeuner.

— Pour son repas, le bébé oiseau mange des chenilles vertes! raconte Nic.

— Il ouvre grand la bouche et sa maman lui donne la becquée, ajoute Nac.

— Aaah… fait Noc.

Décidément, Noc est encore un gros bébé!